일상이 빛이 된다면

괜찮아, 오늘 하루

괜찮아, 오늘 하루

일상이 빛이 된다면

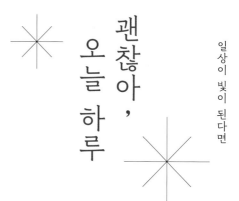

글 도진호
사진

odos

추천사

오랫동안 멈추었던 사진 작업을 다시 시작한 도진호가 포토에세이를 내놓았다. 책에서 그가 보여준 사진 화법은 비유법을 재치있게 구사하는 것으로 진한 감성적 메시지를 효과적으로 전해준다. 그의 사진과 글에는 삶의 애환과 감성이 듬뿍 담겨있다. 만약 글을 읽지 않고 사진만 본다면 소재주의적인 사진들로 보일 수도 있지만, 삶의 이야기를 담은 감성적인 글을 잘 버무림으로써 사진의 가치를 바꿔 놓았다. 누구든 이 책을 보면 분명 자신이 겪었던 것과 비슷한 상황들을 여러 번 만나게 될 것이다. 이런 부분에서 보는 이는 작가와 감정을 공유하는 기쁨을 느끼게 된다.

흑백사진은 분명 컬러사진과는 다른 감성이 있다. 도진호는 그것을 잘 다루었다. 고통이 예술을 낳는가. 불현듯 찾아온 건강의 위기를 이겨 나가면서 그는 예전에 내려놓았던 카메라를 다시 들고 사진 작업을 시작했다. 그렇게 지친 몸과 마음을 달래며 위기를 극복해 나갔다. 이렇게 삶의 여정을 헤쳐 나가면서 사진과 글로써 들려주는 도진호의 넋두리는 들을 만하다. 감성을 잃어버리고 기계처럼 살아가는 모든 사람에게 그의 책《괜찮아, 오늘 하루》를 권한다. 도진호의 책을 읽고 나면 나와 별반 다르지 않은 어떤 사람의 삶의 여정, 그리고 그 속에서 펼쳐지는 고통과 행복, 좌절과 희망, 위기를 극복하는 용기를 만나게 된다. 그리고 잔잔한…… 그러나 여운이 긴 감동을 얻게 될 것이다.

— 전성영 역사문화사진가,《천리장성에 올라 고구려를 꿈꾼다》저자

흔히 사진을 빛의 예술이라고 하지만 좋은 사진을 가만히 들여다 보면 그림자의 예술인 경우가 많다. 밝게 드러난 빛이 그리는 그림 은 화려함 속에 금방 스쳐 지나가지만, 그 너머에 자리 잡고 우리에 게 말을 거는 그림자의 이야기는 마음을 차분히 가라앉혀주는 힘이 있다. 도진호의 사진과 글이 그렇다. 얼핏 빛을 이야기하지만 한 장 한 장 책장을 넘기다 보면 우리 일상 속에 감추어진 속 깊은 이 야기를 담고 있는 그림자와 마주하게 된다. 그림자 속에 감추어진 일상의 본 모습은 여간한 관찰력으로는 대면하기가 쉽지 않다. 삶 에 대한 깊이 있는 태도와 진지함은 저자의 글 한 줄, 사진 한 장에 서 오롯이 배어난다.

무심한 듯 스치는 눈길 한 번에 애정이 듬뿍 묻어나는 사진으로 되 돌아보게 하는 것은 그가 세상을 바라보는 시선이 필경 따뜻하기 때문일 것이다. 그렇기 때문에 그의 사진 속 풍경에 사람을 찾기가 쉽지 않지만, 그 모든 사진에는 사람과 삶을 향한 애정이 숨겨지지 않고 드러난다. 200여 장의 사진은 글과 함께 한 해를 담아내고 마 지막 12월 31일의 격려와 함께 끝나는 듯하지만, 다시금 책장의 앞 머리로 돌아가 새로운 1월 1일을 시작하게 만드는 힘이 있다. 날마 다 두고 읽고 싶게 만드는 힘이 있다.

— 홍상표 사진가,《청소년을 위한 사진 공부》저자

꽤 오래전부터 들어온 이야기가 있다. 어느 젊은 출판사 영업자가 본디 사진 전공자인데, 정말 잘 찍는다고. 처음에는 희한한 일도 다 있네, 라고만 생각했는데, 지인이 책을 낼 적에 그이가 찍은 사진을 보고 재주가 아깝다 싶었다. 그런 재주를 살려 사진작가로 나섰으 면 좋았을 텐데, 삶에 무슨 곡절이 있어 출판계에 들어왔을까 궁금 했던 것. 그러다 페이스북 친구를 맺으면서부터 일상을 찍은 그이 의 흑백사진과 단상을 자주 보게 되었다. 이 스펙타클한 시대에 흑 백사진이라니, 뭔가 어색해 보이고 뒤처진 듯했지만, 어떤 쓸쓸함 같은 것이 느껴져 좋았다. 늘 번잡하고 바쁘고 빛나는 시대에 호젓한 쓸쓸함을 느끼는 것도 드문 일이지 않은가.

이제는 다니던 곳을 그만두고 버섯한 출판사 대표가 되었지만, 사진에 품었던 그 열정을 식힐 수는 없는 모양이다. 그동안 찍었던 사진과 썼던 글을 갈무리하여 한 권의 책으로 냈으니 말이다. 다시 찬찬히 보니 이념이나 정치성이 흑백으로 나뉘는 것이야 잔뜩 경계할 일이나, 사진은 흑백이 좋구나 하는 엉뚱한 생각이 들었다. 빛이 있어 백이 먼저 보일 테고, 그 덕에 흑이 생기는 것, 그건 대립이나 모순이 아니라 합일이거나 통일을 뜻할 테다. 누구나 사진을 찍을 수 있는 시대다. 삶의 단상을 사진으로 찍는 일은 한 편의 시를 쓰는 것과 같다. 무슨 말인가 싶으면 도진호의 《괜찮아, 오늘 하루》를 즐거운 마음으로 읽어 보면 된다.

— 이권우 도서평론가

이미지 전성시대입니다. 스마트폰 덕분에 사진은 찍기도 저장하기도 손쉬워졌지요. SNS로 찍은 다양한 사진을 지인들과 공유하고 나누는 일은 이제 일상이 되었습니다. 코로나19가 닥친 뒤로 일상이 얼마나 소중한지 각별하게 느낍니다. 비상 상황에서 살면서 마음의 평온을 유지하는 좋은 방법 중 하나는 내가 사는 일상의 공간을 음미하는 일입니다. 사진은 나의 일상 공간을 세심하게 톺아보는 데 으뜸가는 도구이고요. 이 책에 등장하는 공간들은 제가 사는 공간과 꽤 많이 겹치는데, 제게 익숙한 공간들이 어찌나 낯설고 새롭게 느껴지던지요. 익숙하면서도 낯선 이 사진들을 보면서 작은 마음의 평온을 얻었습니다. 그리고 나도 나의 일상 공간을 찍어 봐야겠다는 생각이 들었습니다. 몸도 마음도 힘든 때에 마음 공부와 사진 공부를 겸할 수 있는 책으로 읽어 보시길 권합니다.

— 조성웅 유유출판사 대표

거리에서 풍경을 보는 것과 집에서 창문 너머로 바깥을 보는 건 다르다. 1층에서 보는 것과 2층에서 보는 그것도 엄청 다르다. 같은 풍경인데도 같지가 않다. 두 눈썹 사이의 작은 간격이 세상의 엄청난 깊이를 발굴해 낸다. 네가 보는 세상과 내가 만나는 세상도 서로 다를 것이다. 분명 같은 장소, 같은 시간 속에서도 그렇다. 이렇게 서로 다른 세상을 우리는 늘 하나의 세상이고 같은 세계라고 여기며 아무런 의심을 않는다. 이를 착각이라고 불러도 될까. 어쩌면 이 착각 속에서 태연하게 사는 게 나날의 일상이다. 사진은 그 범상한 일상 속에서 움푹움푹 한 숟가락씩 그 무언가를 떠내어 우리 눈에 퍼먹이는 것. 도진호의 사진은 저 찬란한 착각의 정수리에 일침을 놓는다.

— 이갑수 궁리출판 대표

프롤로그

잠시 멈춰 서면
다른 풍경이 보입니다

어느 날 밤 잠을 자다 갑자기 깼습니다. 무슨 꿈을 꾸었는지 모르겠지만 갑자기 사진을 찍어야겠다는 마음이 강하게 꿈틀거렸습니다. 벌떡 일어나 카메라 배터리를 충전시키고 뜬 눈으로 아침을 기다렸습니다. 카메라를 메고 출근하면서 사진을 찍었습니다. 오랜만에 찍어서 낯설어진 카메라가 어색했습니다. 사진은 찍을수록 마음에 들지 않았습니다. 지금 돌아보니 새롭게 맞이하는 인생의 전환점을 돌면서 내 마음을 지배하는 기대, 걱정, 후회, 책임, 가족, 미래 등의 복잡한 생각들이 마음을 휘저었던 것 같습니다. 화려한 색상이 카메라에 담기면 담길수록 마음은 더 심란해졌습니다.

바쁘게 살다 보니 갑자기 몸이 아팠습니다. 좋아하는 사람들과 함께하던 그 많았던 술자리도 갈 수가 없었습니다. 지금까지의 삶과는 다르게 몸을 아끼며 살아야 했습니다. 건강할 때 할 수 있었던 것들 중에 이제는 할 수 있는 것이 별로 남아 있지 않았습니다. 그 순간 흑백사진을 찍고 싶다는 생각이 들었습니다. 화려하고 다양한 색깔처럼 어지럽고 불필요한 감정을 담는 것보다는 좀 더 차분하게 나와 세상을 바라보고 싶었습니다. 한 줄기 빛이 있는 곳이라면 아무런 부담 없이 찍을 수 있는 사진, 불필요한 감정을 다 빼고 내가 멈춘 자리에서 둘러볼 때 새롭게 보이는 지금까지와는 다른 풍경들, 바쁘게 지나가는 일상 속에서 내 마음을 일기처럼 기록하는 사진을 찍어야겠다고 결심했습니다.

사진학과 선배들과 오랜만에 만난 술자리에서 흑백으로 작업하고 싶다고 말했습니다. 선배들은 사진을 하는 사람들의 로망이야말로 촬영부터 현상, 인화까지 다 해보는 흑백사진이지만, 지금은 세바스티앙 살가도(브라질 출신 유명 다큐멘터리 사진가)마저도 디지털카메라로 작업을 한다며 오버하지 말라고 했습니다. 그래도 흑백사진을 찍고 싶다는 마음은 더 굳어졌습니다. 컬러로 촬영한 뒤 포토샵을 통해 흑백으로 전환하는 것이 아니라 흑백으로 찍히는 카메라를 사고 싶었습니다. 찾아보니 라이카(브랜드 카메라 메이커)의 흑백 전용 카메라는 형편상 구매가 어려웠고 보다 저렴한 흑백사진 촬영용 카메라를 찾았습니다. 그러다 찾은 것이 PEN-F(올림푸스 기종의 색감을 개인적으로 좋아하고 PEN-F는 MONO 모드로 흑백 촬영이 가능함)였습니다. 망설임 없이 구매했습니다(이 책을 읽기 전까지 아내는 후배 카메라를 빌려 쓰는 줄 알았을 겁니다. 이 글을 보고 진실을 알게 되어도 그냥 미소를 지어줄 거라고 믿습니다).

흑백으로 사진을 찍고 SNS에 사진을 올리기 시작했습니다. 많은 사람이 보지 않아도 좋았습니다. 그렇게 아픈 몸과 마음에 사진이 위로를 건네주기 시작했습니다. 사진을 찍은 장소는 주로 집(일산), 사무실(상암동), 출판단지(파주) 등 제가 생활하는 곳들 근처입니다. 물론 가끔 일 때문에 혹은 가족여행으로 다른 장소가 찍히기도 했습니다. 만약 저와 비슷한 활동 반경에서 생활하시는 분이라면 한

번쯤 봤던 풍경일 수도 있습니다. 그럼에도 불구하고 아직 못 봤다고 말씀하신다면 아마도 그냥 무심코 지나쳤던 풍경일 것입니다.

지금이야말로 진정한 사진의 시대라고 생각합니다. 거의 모든 사람의 손에 들린 휴대전화에는 고성능 카메라가 대부분 장착되어 있습니다. 사진을 잘 찍든 못 찍든 우리는 매일 사진을 찍고 있기 때문입니다. 이 책에 실려 있는 사진 또한 특별한 목적을 가지고 촬영한 것이 아닙니다. 여러분이 매일 찍는 음식 사진이나 눈에 넣어도 아프지 않은 예쁜 내 아이의 사진과 별반 다를 것이 없는 일상을 기록한 평범한 사진이라고 생각합니다.

이 책에 실린 200컷이 넘는 사진 중에 사람이 찍힌 사진은 거의 없습니다. 광각으로 촬영한 사진 중에 몇 컷이 있을 수는 있으나 책에 들어간 크기에서는 사람으로 보이지 않을 정도로 담겼습니다. 저는 사람이 없는 풍경을 사진으로 만듭니다. 사람이 없는 사람 사진, 그것이 제가 찍는 사진의 주제입니다. 사진은 '올림푸스 PEN-F'와 스마트폰인 'LG_V50' 흑백 모드로 촬영했습니다. 사진 촬영이 밥벌이가 아니기에 항상 카메라를 메고 다닐 수가 없어 스마트폰으로도 찍었습니다. 이 책이 나오는 순간부터 여러분이 이 책을 집어 드는 순간까지도 저는 사진을 찍고 있을 것입니다. 뭔가 특별한 순간이 아니라 평범한 일상을 사진으로 만들기 때문입니다. 저의 사진이 특별하게 보였다면 여러분도 늘 걷던 거리에서 잠시 멈추고 고개를 들어보세요. 그 순간 자신만의 특별한 풍경이 펼쳐질 것입니다. 그다음 셔터를 누르세요.

지금은 사진이 주업이 아니기 때문에 누군가 제 사진을 보고 사진을 하는 사람으로 봐 줄 때 부끄럽지만 기분이 살짝 좋습니다. 몸이 안 좋아질 때까지 바쁘게 사회생활을 하고 몸이 안 좋아진 후에는 독립해서 사업을 꾸려가는 저를, 항상 믿어 주고 곁에서 응원해주는 사랑하는 아내와 세 아이, 언제나 든든한 배경이 되어주시는 부모님과 형제들에게 이 작은 책을 드립니다.

— 상암동에서 도진호

어둡고 답답했던 일상인 것 같지만 돌아보면 항상 빛이 있었어

빛이 있기에 기록할 수 있었던 내 소중한 일상의 명암들

어쩌면 삶은 흑과 백의 조화일지도 몰라

목차

1月

╱

우두커니 햇살을 받는 나무처럼 올해도 묵묵히

1月

／

1日

언제나처럼 해가 떠오릅니다. 달라진 것이라곤 새해가 시작되는 첫날 뜬 해라는 사실입니다. 우두커니 햇살을 받는 나무처럼 올해도 묵묵히 내 자리를 지켜야겠다고 다짐해 봅니다. 그리고 아무도 아프지 않기를. 비록 구름에 가린 때도 있지만 밝은 기운만큼은 온 세상에 가득 넘치도록 해달라고. 기원합니다.

1月
/
3日

며칠 지나지 않아 벌써 좁은 문을 열고 들어가야 하는 상황이 생깁니다. 올해만큼은 크고 시원한 문만 열게 될 줄 알았는데. 돌아보면 문을 열기 전까지가 참 힘들었어요. 어떤 문이든 막상 열면 또 그곳에는 뜻하지 않았던 길과 공간들이 있었다는 사실이 떠오릅니다. 어쩌면 인생은 알 수 없는 문을 계속 열어가는 과정이라는 생각이 드네요.

1月
/
6日

종일 반복되는 끝없는 미팅과 회의 시간을 버티느라 커피를 많이 마셨습니다. 요 며칠 잠이 오질 않습니다. 마치 반도체 회로처럼 끝없이 연속되는 패턴이 머릿속에 반복되는 느낌입니다. 정신을 차리지 않으면 정해진 회로 속에서 헤매다가 빠져나오지 못할 것 같아요.

1月

/

7日

올해가 일주일이나 지났는데 작년에 마무리하지 못한 송년회를 이제야 하고 있습니다. 술을 마시지 않고 3차까지 왔습니다. 술 마신 사람들보다도 제가 더 피곤해 보입니다. 술을 마실 때는 몰랐는데 맨정신으로 술자리에 있다 보니 되풀이되는 말들이 참 피곤합니다. 어느 순간 말없이 듣고 있는 내 모습이 멍하니 천장에 매달린 조명 같습니다.

1月

／

8日

사무실을 나서며 잠시 올려다본 하늘입니다. 오늘도 약속이 있습
니다. 해야 할 일을 다 마무리하지 못하고 나왔는데 벌써 잠이 옵
니다. 오늘은 푹 잘 수 있을까요? 오른쪽 사무실에서 왼쪽 사무실
로 건너가는 공중의 다리처럼 이 밤 또한 하지 못한 일과 해야 할
일을 건너가는 다리 같다는 생각이 듭니다.

1月

/

9日

서울역에서 경의선을 타러 가다 보면 마치 과거로 여행하는 느낌
이 듭니다. 마치 경성역에서 중절모를 쓰고 있는 '모던뽀이'가 된
느낌으로 전철을 기다립니다.

1月
／
10日

늦은 밤 집으로 가는 길입니다. 운전대를 잡은 손에서는 자꾸 힘이 빠지고 눈꺼풀은 감깁니다. 신호에 걸려 있는 틈에 졸음을 깨려고 고개를 돌렸는데 성에 낀 운전석 옆 창밖이 보입니다. 마치 세이렌의 노래처럼 저를 깊은 물 속으로 끌어들이는 것 같습니다.

1月
／
13日

아침에 눈을 뜨자마자 침대에서 바라본 풍경입니다. 한가롭고 고 즈넉한 풍경을 담은 숙소에서 아침을 맞이하는 것이 여행의 좋은 점이겠지요? 오랜만에 푹 잘 수 있었습니다.

1月
／
14日

해변을 산책하다 거북이를 만났습니다. 가까이 다가가 앉은 채로 한참을 바라보았지만 움직임이 없습니다. 너무 느려 위험을 미처 피하지 못한 걸까요? 느리지만 묵묵하게 자신의 삶을 살다 간 많은 인생들에 애도를 표합니다.

1月
╱
15日

집으로 갑니다. 떠나기 전에는 설렘이 행복하고, 마칠 때는 돌아갈 곳이 있어 행복한 것이 바로 여행 아닐까요? 여행에서 느끼고 맛본 상쾌함도 좋았지만 역시 집에 갈 때 제일 좋지 않나요? 그리고 아시나요? 하늘에도 길이 있다는 걸. 그 사이로 햇살이 내립니다.

1月
／
17日

참 생각처럼 일이 풀리지 않는 날입니다. 꽉 막힌 구름처럼 마음
도 답답합니다. 그럴 때 한 줄기 빛이라도 나타난다면 좋겠다고
생각하겠지만, 결국 풀려고 노력하는 것도, 풀어야만 하는 것도 나
라는 사실은 바뀌지 않는다는 걸 깨달았습니다.

1月
／
19日

휴일입니다. 아무도 없는 사무실에 출근합니다. 며칠 쉬었던 일에 대한 불안함을 또 일로 풀어내야 하는 상황. 복도 끝을 바라보니 마치 시간이 멈춘 듯 모든 것이 정지된 것 같아요. 정지된 세상 속에서 나만 움직이는 매트릭스 같은 하루입니다.

1月
/
21日

참 푸르고 푸릅니다. 겨울 하늘을 바라보고 있자니 그 푸르름이
사람을 참 외롭게 할 때도 있구나 싶습니다. 똑같이 푸르고 맑은
하늘인데. 바람이 차기 때문일까요? 제 마음이 마치 나뭇잎이 없
는 나무 같아서일까요? 그래서 더 외로운 건지도 모르겠어요. 찬
바람이 마음의 틈을 훑고 지나가는 그런 날입니다.

1月
／
23日

전철 플랫폼으로 쏟아지는 햇살에서 어제보다 더 따스한 날씨가
느껴지네요. 사람들은 대합실에서 전철을 기다리지만 저는 추운
겨울을 상쾌하게 비춰주는 햇살을 기다립니다.

1月
／
25日

천년의 고도에서.
앙상한 나무를 보며 알게 되었습니다.
인생의 덧없음을.

1月
/
27日

휴일 오전 사람 없는 카페에서 가벼운 책을 펼쳐 놓은 채 읽지도 않고 머리를 '쯧' 뺍습니다. 오랜만의 여유를 계속 즐겨보겠다는 의지를 다져봅니다.

1月

／

28日

종로에서 미팅을 마치고 아무 생각 없이 걸었습니다. 정신을 차리
고 보니 처음 걸어보는 골목입니다. 서울에서 태어나 서울에서 자
랐고 안 가본 곳이 없다고 생각했는데. 아직도 종로의 골목은 처
음 가보는 곳이 참 많다는 생각이 듭니다. 처음 가는 낯선 골목이
궁금하다면 가끔은 생각을 멈추고 걷는 것도 좋군요.

1月
/
29日

아침 출근길. 차는 엄청나게 밀리고 마치 출근을 하는 것이 아니
라 퇴근을 하는 느낌입니다. 저만 그런 것이겠지요?

1月
／
31日

지하철을 타고 출근합니다. 객차 안 대다수 사람들이 마스크를 쓰고 있습니다. 이젠 바이러스와 같이 살아가야 하는 걸까요? 나뭇잎이 없는 앙상한 나뭇가지처럼 바이러스가 사람 사이도 멀게 만드는 것 같습니다.

2月

익숙하지만 오래된 겨울과 낯설지만 새로운 봄 사이에서

2月
／
1日

퇴근 시간 전철역과 연결된 쇼핑몰 에스컬레이터를 타고 혼자 내려갑니다. 이 시간에 사람이 없는 쇼핑몰이라니. 북적거려야 퇴근 시간 같은데. 생기 없는 귀가 시간이 되어버렸습니다.

2月
／
4日

정류장에서 버스를 기다렸습니다. 뒤통수에 차가움이 느껴지기 시작하더니 발밑으로 눈이 내립니다. 휴대전화를 보던 눈을 하늘을 향해 드니 펑펑 함박눈이 내립니다. 눈 때문인지 버스 도착 예정 시간은 점점 늘어나지만 내리는 눈을 감상하는 시간은 그만큼 길어졌습니다. 눈은 내리고 마음은 포근합니다.

2月
／
6日

잠시 하늘을 보며 생각합니다. 특별할 것 없는 오늘 하루지만 그래도 희망은 늘 우리 곁에 있는 게 아닐까요? 만약 희망이 없다고 해도 있다고 생각하고 열심히 살아야겠다는 생각을 합니다.

2月
／
7日

틈이 생기면 틈 사이로 공간이 보입니다. 들여다보고 싶은 누군가의 시선과 들키기 싫은 공터의 공허함이 묘하게 어울립니다. 누군가 내 마음을 들여다보려고 할 때 빈틈없이 막으려고 하지만, 어쩌면 보여줄 마음의 공간이 빈 공터뿐일지도 모르겠습니다.

2月
/
10日

입구가 맞겠죠? 비가 오는 날 모르는 사람과 비를 피하다 눈이 마주치면 딱 좋을 것 같아요. 날씨가 화창한데 왜 비 오는 날이 자꾸 떠오를까요?

2月
/
11日

급하게 출장을 갑니다. 운전하지 않아도 되니 부담이 없습니다. 목
적지를 향해 내가 늘 방향을 잡아야만 했는데. 흐름을 맡기기만
하면 되는 이런 여유. 마치 어린 시절 아빠 손을 잡고 따라가기만
하면 목적지에 안전하게 도착할 수 있었던 기분입니다. 어른이 되
고 가장이 되고 사업을 꾸려가는 게 늘 내가 방향을 잡아야 해서
조금 지친 것도 같아요. 기차는 달리고 쓸데없는 감상과 추억도
함께 달립니다.

2月
／
12日

안녕! 지난번 스치듯 만났었어. 오늘 처음 보는 사람은 아니야. 다음에 만나면 반갑게 인사하자.

2月
／
14日

출근길. 아픈 몸 상태와 함께 마음 또한 심란합니다. 해야 할 일이 태산 같은데 왜인지 사무실 출입금지를 해야 할 것 같은. 아니 오늘 일상을 출입하지 말라는 신호일 수도 있지 않을까요? 할 수 있는 만큼만 해야겠습니다. 무리하지 않고요.

2月
／
17日

비탈리 카넵스키의 〈얼지마, 죽지마, 부활할거야〉라는 영화가 생각나는 날씨입니다.

2月

／

18日

긴 복도를 따라 햇살이 비춥니다. 여기는 병원. 여기저기에 병원을 다니는 시간이 길어집니다. 그만큼 제 인생도 살아온 세월이 길어진 걸까요? 아픈 게 지겹지만, 또 한 줄기 햇살이 비치듯이 조금씩 나아지고 있기도 합니다. 그렇게 남은 삶도 세월이 쌓여가겠죠? 비추는 햇살과 함께요.

2月
/
19日

마치 시간이 정지한 액자 풍경 같습니다. 풍경처럼 보이는 저곳에
도 무수히 많은 일상이 부대끼고 있을 텐데요.
바라보는 세상과 살아가야 하는 세상.
높은 곳에서 내려다보는 세상은 마치 액자 풍경처럼 비현실적인
느낌이 듭니다.

2月
／
20日

내가 보는 시야가 세상 모든 것을 다 보는 것처럼 무한한 것 같아도 어쩌면 세상을 보는 내 시야가 딱 저만큼 아닐까요? 무한한 시간과 공간과 우주 속에서 내가 보는 시야는 저 동그라미 정도가 아닐까 생각해 봅니다.

2月
／
21日

빛을 받을수록 내 그림자는 더 길고 선명해진다. 건물, 네가 세워지기 전에는 광활한 땅 위에 길고 긴 내 그림자를 드리우고 내려다볼 수 있었건만. 이제는 내 모습을 마주 보고 서 있다. 같은 눈높이에서 내 앙상한 가지를 마주한다는 것이 어색하구나.
후배와 산책을 마치고 잠깐 나무의 마음이 되어 생각해 보았습니다.

2月

／

23日

오래된 건물과 새로운 건물. 나는 어디로 들어가야 하는 걸까? 익숙하지만 오래된 것과 낯설지만 새로운 것 사이에서 혼란함을 느끼는 정오의 풍경입니다.

2月

／

24日

겨울은 나무가 옷을 벗고 본 모습을 보여주는 시기라고 하던데 이 제 새로운 옷을 갈아입을 시기가 오는 것을 보니 봄입니다. 저 나 무에 옷이 입혀질 봄이 기다려집니다.

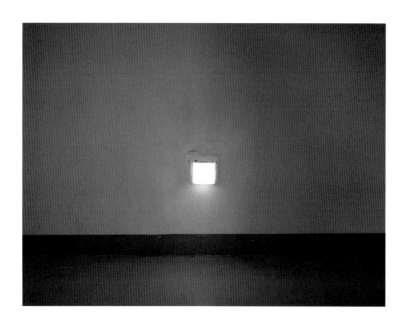

2月

／

25日

어두운 복도 끝 빛 한 줄기. 이마저도 꺼질까 봐 조심스럽습니다.

2月
／
26日

사칙연산. 더하고 빼고 곱하고 나누고. 건강은 더하고 아픔은 빼고
매출은 곱하고 반품은 나누고. 뭐라니? 뭐 아무렴 어때 인생이란
사칙연산 같은 것일까요?

2月

／

27日

위험하다고, 출입을 금지한다고, 절대 들어가면 안 된다고 할수록 왠지 열고 싶어집니다. 판도라의 상자처럼 위험의 맨 마지막에는 안전이 남을까요? 하지 말라는 말에는 다 이유가 있었던 것. 살아 보니 어른들 말이 하나도 틀리지 않았음을 알게 되는, 뭐 나도 나이가 든 걸 깨달은 그런 날입니다.

2月
／
28日

모든 것이 상쾌한 봄이 왔으면 좋겠습니다. 마치 오늘 하늘처럼요.
지금의 상황이 모두 끝나고 상쾌한 그 날이 어서 빨리 오기를.

2月
／
29日

늦은 오후의 산책. 마스크를 쓰고 홀로 걷습니다. 그렇게 한참을
햇살과 벗하며…….

3月

이 비가 그치면 성큼 더 다가오겠지요? 그토록 기다리던 봄이

3月
／
3日

오랜 세월 누군가의 다리를 쉬게 해 줍니다. 차가운 쇠로 만들어졌지만, 누군가 앉은 다음 시간이 지나면 따듯해집니다 날씨가 추우면 외면받습니다. 그래도 늘 자리를 지킵니다. 묵묵히. 누군가 앉아주기를.

3月
／
4日

오후부터 재택근무를 합니다. 퇴근하다 올려다본 하늘에서 동아줄이 내려옵니다. 그리고 위태롭게 사람도 내려옵니다. 동아줄에 의지해서 건물 유리창을 닦습니다. 썩은 동아줄 이야기가 생각나서 흠칫합니다. 붙들고 있는 밧줄이 단단하기를. 오늘도 무사히 퇴근하시기를.

3月
／
6日

모처럼 일찍 도착한 점심 약속. 잠시 골목길을 걷습니다. 곧 철거되겠지요. 봄 햇살이 내리는데 그림자도 절반입니다. 빛과 어둠, 어둠과 빛. 그렇게 삶은 또 이어질 거에요.

3月
/
7日

이어지지 않으면 살 수가 없습니다. 혼자인 것 같아도 늘 연결되
지 않으면 살 수 없는 사람들. 인간관계, 인터넷, SNS, 그리고 음,
바이러스?

3月

／

8日

오늘은 집에서 푹 쉬는 날! 세 아이와 함께 즉석떡볶이를 먹으러 갑니다. 세 그루 나무처럼 세 아이도 무럭무럭 자랍니다. 제 품을 떠나면 각자 가정을 꾸리고 누군가를 품어주는 둥지가 되겠죠? 어미 새를 기다리는 아기 새들처럼 조잘대는 세 아이. 실컷 먹고 봄 나무에 새싹이 자라듯이 무럭무럭 크거라.

3月
/
10日

봄비가 옵니다. 창에 맺히는 비가 추상화 같습니다. 이 비가 그치면 봄은 성큼 더 다가오겠지요? 우리가 봄이 오길 계속 기다렸으니까요.

3月
/
12日

달 달 무슨 달 쟁반같이 둥근 달. 어디 어디 떴나 아파트 위에 떴지. 이제 동요도 바꿔 불러야 하지 않을까요? 우리 아이들에겐 전혀 어색하지 않겠죠?

3月
／
13日

읽어주지 않아 쓸쓸한 책들. 가뜩이나 외로운데 더 외로워진 요즘입니다. 물론 사람이 적어서 더 여유롭긴 하지만.

3月
／
16日

아직 잎이 나지 않아 앙상한 나무처럼, 아직 회복되지 않은 몸이
자꾸 사람을 지치게 합니다.

3月
/
19日

오후의 긴 그림자. 분명 어제도 많이 잔 것 같은데 잠깐 의자에 앉으니 몸이 축 늘어집니다. 저렇게 늘어지다 어느새 어둠이 오고, 어둠이 오면 잠이 오고, 잠을 자면 밀린 일은 다시 아침과 함께 오고. 오고 또 오고. 꼬리에 꼬리를 물고 이어지는 그림자 같은 생각들. 그만 자리를 털고 일어나야겠습니다.

3月

／

21日

여기는 군산. 오랜만에 장거리 운전입니다. 아직은 장거리 운전이
힘들지만, 쉬엄쉬엄 오랜만에 왔습니다. 빠른 속도의 고속도로를
내달리다 신호가 많은 도시로 들어오니 잠깐 적응이 안 됩니다.
지방에 내려오면 모든 게 더디 흐르는 기분이 듭니다. 금방 적응
되겠죠?

3月
／
22日

은파 공원. 벚꽃이 참 예쁜 곳인데 아직입니다. 벚꽃이 없어도 언제나 호젓함을 선물해주는 곳. 오늘도 어김없이 산책합니다.

3月
／
23日

요즘은 개 팔자가 상팔자가 아니라면서요? 냥 팔자가 상팔자인가 봅니다. 봄 햇살이 좋은지 한껏 여유로워 보이는 냥이들.

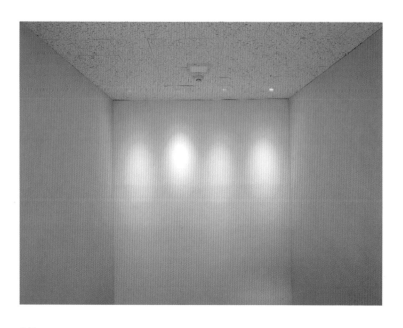

3月
／
24日

급하게 거래처 계단을 내려가다 한 컷. 바쁘다 바빠. 초점이 흐려
지고 몽롱한 하루군요.

3月
/
25日

후배가 알려 준 목공 카페 2층. 지상에서 한 층 올라왔을 뿐인데
공기가 다릅니다. 생각은 지상에 내려놓고 몸만 올라왔습니다. 몸
이 허락해야 일도 하는 거니까요.

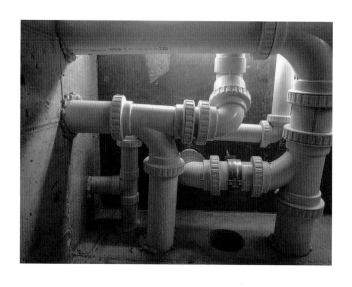

3月
/
26日

연결이 이렇게 중요합니다. 물이 흐르는 배관과 오물이 흐르는 배관이 잘못 연결된다면? 그리고 혹시나 틈이 생긴다면?

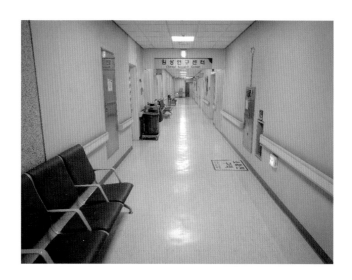

3月
/
27日

정기검진하러 병원에 왔습니다. 긴 복도 끝까지 사람이 없네요. 한 가해 보입니다. 병원에 사람이 이렇게 없는 것을 처음 봅니다. 바이러스가 정말 아픈 사람만 병원에 오게 하는 긴가요?

3月
／
28日

목련꽃이 피었습니다.

"하얀 목련이 필 때면 다시 생각나는 사람"이라고 노래 가사를 흥얼거립니다.

"누가 다시 생각나는데?"라는 아내의 질문에 순간 긴장합니다.

얼른 카메라를 꺼냈고, 셔터 소리는 밤공기를 가릅니다. 목련꽃 사진을 왜 이렇게 많이 찍냐며 아내의 수상한 눈초리마저 어둠을 가르는, 그런 밤 산책입니다.

3月
/
29日

지붕 사이로 솟아오른 나무에 꽃이 피었습니다. 멀리서 바라볼 때 더 예쁘군요. 햇살을 받은 지붕과 예쁜 꽃. 예쁜 건 감출 수 없어요. 참 따사로운 봄날 오후가 이렇게 지나갑니다.

3月
／
30日

하늘을 찌릅니다. 찌르면 터지는 걸까요? 하늘도 더는 못 참겠다는 듯 안 좋은 소식을 마구 뿌리고 있습니다. 인간의 이기심은 어디까지일까요.

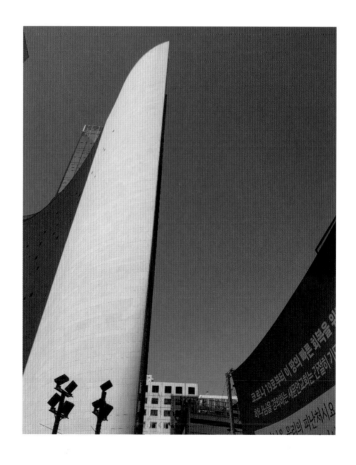

4月

따스한 봄 햇살, 흐드러지게 핀 꽃이 마음에 불을 지르네

4月
/
1日

벚꽃이 만발한 밤. 산책합니다. 〈벚꽃엔딩〉을 부를까 하다가 오늘은 꾹 참습니다. 아름다운 꽃을 보며 오해받긴 싫거든요.

4月
／
2日

살다 보면 무슨 일이든 명확했으면 좋겠다는 생각을 합니다. 하지만 그런 순간은 별로 없어요. 지금 보이는 하늘은 하늘인지 아니면 건물 틈을 메우는 배경인지 헷갈립니다. 건물에 가려져 하늘도 하늘처럼 보이지 않는 뭐 그런 명확하지 않은 오후입니다.

4月
／
3日

금요일 아침입니다. 분명 월요일에 이런저런 계획들을 여기저기 쏘아 올렸는데 끝이 어디인지 알 수가 없네요. 쉴새 없이 뿜어져 나오는 분수 같은 일상입니다. 오늘은 꼭 끝을 보고야 말겠어요.

4月

／

4日

국밥 한 그릇과 커피 한 잔. 배부르고 커피 향에 취하고. 노트북을 켠 지 10분이 지나갑니다. 그냥 이 여유가 좋습니다. 사진 한 컷 찍고 자판을 두드립니다. 한가로움을 방해하는 자판 찍는 소리와 함께 시계 초침도 돌아가는 어느 토요일 오후.

4月
/
7日

일단 월요일은 힘들었습니다. 화요일은 어떨까요?

4月
／
9日

아직도 꽃을 피우지 못한 나무는 밤마다 달꽃을 피웁니다. 때가
되면 싹이 나고 잎이 무성해지겠죠?

4月
／
10日

왜 태양을 피하고 싶었는지 알겠습니다. 그늘막 아래 시원한 그늘에서 더 자고 싶어서 그렇지 않을까요? 가수 비의 노래 가사를 흥얼거립니다.

4月
/
13日

어둠이 밀려오는 퇴근길. 고개를 숙이고 걷다가 무심코 벚꽃을 바라보았습니다. 흐드러지게 핀 꽃이 마음에 불을 지릅니다.

4月

／

14日

삐뚤어진 세상을 바로 세우는 히어로가 될 수 있다면. 어릴 적 만화 주인공이 떠오릅니다. 저 쇠로 만들어진 봉을 쑥 뽑아서 다시 제대로 꽂아주고 싶습니다.

4月
/
15日

봄날 대학 캠퍼스에는 묘한 설렘이 있습니다. 꼭 여대라서 그런
건 아니라고요. 아, 청춘의 설렘이란.

4月
／
16日

바다 속으로 사라진 진실이 꼭 밝혀지면 좋겠습니다. 이토록 맑고
상쾌한 날이라니. 잠시 애도를 표하고 내려갑니다.

4月
／
18日

아이들은 아파트에서 태어나 아파트에 살고, 아파트에 살고 계시는 할아버지 할머니를 만나러 갑니다.

4月

/

20日

부모님과 점심을 먹고 정치 이야기를 했습니다. 물론 대화의 온도차는 있었으나 "이렇게 얘기해주니 고맙다."라는 아버지의 말씀에 눈물이 살짝 나오네요. 화창한 봄날 어울리지 않는 대화 주제였습니다.

4月
／
21日

비가 오고 약간 추워졌습니다. 나무도 빛을 찾아 도로를 가로지릅니다. 안 된다는 걸 알면서도 막을 수 없는 욕망도 있는 법입니다.

4月
／
22日

점심 산책. 갑자기 바람이 너무 불어 추워졌습니다. 몽실몽실 피어
오르던 이야기꽃이 찬바람에 굳어버린 것 같아요. 말없이 총총걸
음으로 사무실에 도착.

4月

／

23日

늦은 시간 일을 마치고 집에 가는 길. 오른쪽으로 갈까? 왼쪽으로 갈까. 사실 의미 없는 고민이죠. 어디로 가든 빨리 가서 쉬면 될걸. 참 쓸데기 없는 생각이었습니다.

4月
/
26日

조지 밀러 감독의 〈매드 맥스〉(1979)에 나오는 풍경 같습니다. 파
주는 계속 공사 중입니다. 제 마음도 공사 중이죠. 제 확신을 뒤흔
드는 여러 가지가 심란하게 합니다. 영화 〈머니볼〉에 우리가 하려
는 일을 굳이 설명하려고 하지 말라는 대사가 나옵니다. 확신이
있다면 그냥 묵묵히 갈 뿐입니다.

4月
／
28日

어제 깎아준 막내 손톱이 밤하늘에 걸렸나 봅니다. 손톱만 한 달 과 연필로 콕 찍어놓은 것 같은 별을 보며 급한 마음을 잠시 쉬어 봅니다.

4月
／
29日

미팅이 있는 거래처 로비. 어긋난 인연은 다시 이어질 수 있을까요?

4月
╱
30日

휴일 사무실에 출근해서 마시는 사이다 한잔! 그런데 이가 시리군요. 아! 이 시리우스!

5月

눈부신 하늘, 예쁜 구름 가득한 아름다운 계절에

5月

／

1日

노동해야 하는 노동절이라니!

5月
/
2日

항상 고가도로 위를 달리면서 먼 풍경을 바라보다가 밑에 내려와
올려다보니 전혀 다른 풍경이 보입니다. 시선이라는 것은 내가 있
는 자리에 따라 바뀌는 것이겠지요.

5月
／
4日

출근길에 만난 쓰레기 장벽. 얼마 전 읽은 《쓰레기책》이라는 책이 생각나는 아침이군요. 생각의 쓰레기도 저렇게 모아서 버리면 어떨까 싶군요.

5月
／
5日

그다지 좋은 상황이 아니지만 멈추지 않고 중심을 잡아서 쉬지 않고 열심히 달리겠습니다.

5月
／
6日

삶은 줄서기와 기다림의 연속이란 것을 새삼 다시 느끼는 하루입
니다.

5月

／

8日

식이요법은 정말 쉽지가 않습니다. 마치 빈 공터를 휘젓는 바람처럼 허기가 뱃속을 휘젓습니다. 사진을 찍으며 위로하려 했지만, 막상 건질 사진은 별로 없네요.

5月
/
11日

텅 빈 놀이터. 아이들은 학교도 가지 못하는데 놀이터에서 놀 수
도 없는 상황입니다. 아이들에게 더 좋은 세상을 물려주어야 하는
데 괜스레 미안한 마음입니다.

5月
/
12日

담벼락에 찍힌 나뭇잎. 살아생전 인정받지 못한 화가의 흔적 같다
는 생각을 해봅니다. 어째 그림자가 더 예쁜 것 같아요.

5月
/
13日

눈부신 하늘. 예쁜 구름이 가득한 하늘은 언제 봐도 아름답습니다.

5月
／
14日

삶은 한 줄기 빛을 찾아 달리는 것. 늘 허락되는 것은 아니지만 누구에게나 한번은 기회가 주어집니다. 그때 열심히 달리자고요.

5月

/

15日

가끔 같은 일을 하는 동료들과 만나서 나누는 담소는 마음속에 휴식을 가져다줍니다. 수다가 멀리멀리 뻗어 나가는 봄날의 점심 시간. 다섯 명 모두 남자였습니다.

5月
／
16日

경복궁 근정전의 해태상은 지난 100여 년과 지금의 우리를 어떻게 바라보고 있었을까요? 이렇게 마주하니 물어보고 싶어졌습니다.

5月
／
18日

늦게까지 일을 하니 영혼이 분열되는 느낌. 머리카락 하나를 후,
하고 불면 마치 손오공의 분신술처럼 수없이 많은 내가 나타날
수 있을까요? 혼자서 모든 걸 다 하려니 벅찹니다.

5月
／
20日

비는 흔적을 남깁니다. 어떤 단서가 될 수 있을까요? 어제의 비는 참 수상했습니다.

5月
／
21日

살다 보면 같은 장소에 있으면서 같은 곳을 바라보고 있다고 생각했는데 확실히 다르다는 것을 느낄 때가 있습니다.

5月

／

22日

디카페인 커피를 사러 들른 맥도날드. 이른 시간부터 여는군요. 커피를 기다리다 문득 사우나가 하고 싶어지는 아침입니다.

5月
／
27日

나만 남겨두고 다 내려버렸어요. 몇 층만 더 올라가면 되는데 문득 외롭습니다.

5月

／

28日

저는 내려왔을까요? 아니면 올라가려고 할까요?

5月
╱
29日

얼마나 닦았을까. 온종일 온갖 먼지와 얼룩을 온몸으로 닦아내느라 지쳤군요. 햇살을 받으며 좀 쉬시기를.

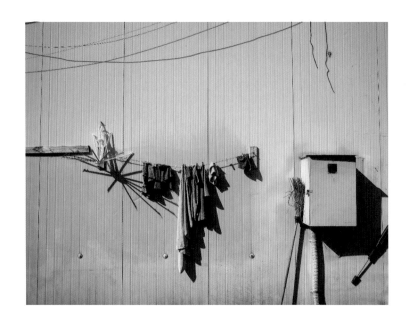

5月
／
31日

잘 가다가 꼭 삐딱하게 나가더이다. 새로운 결과물이 순조롭게 나오면 좋으련만 꼭 변수가 생깁니다. 그 모든 변수를 극복하고 나오는 결과물을 보면 그동안 힘들었던 마음보다 기대가 생깁니다.

6月

비가 내리고, 또 비가 내리고, 여름이 오기는 하는 걸까?

6月

／

1日

상암을 지키는 거인. 저 큰 몸으로는 피할 곳이 없군요. 비가 오면 비를 맞고 눈이 오면 눈을 맞고. 소인국에 온 걸리버가 저 정도 크기였을까요?

6月

／

3日

세상을 바라본다는 것이 내가 직접 보는 것이 아니라 무언인가를
통해서 본다는 생각이 문득 들었습니다.

6月
／
4日

쉬라고 있는 의자 뒤에 '전기위험'이라는 푯말이 있습니다. 안전
과 위험이 공존하는 우리가 사는 세상과도 같이 말입니다.

6月
／
6日

〈와호장룡〉이 생각나는 창밖 풍경이 보이는 교외의 식당. 부모님
과 모처럼 점심을 먹습니다. 햇볕은 따사롭고 밥 먹는 손주를 바
라보시는 부모님의 마음도 따스한 배부른 하루입니다.

6月

／

7日

하나

20년 만에 아내와 첸 카이거 감독의 〈패왕별희〉를 보았습니다. 그렇게 일요일이 다 지나갑니다.

6月
／
7日
둘

비가 오고 개이니 맑은 하늘과 나무와 벽의 경계가 확실하게 보입니다. 모든 것에는 경계가 있고 경계에는 또 다른 것이 있습니다.

6月
／
8日

비를 흠뻑 머금은 구름이 지나갑니다. 그러나 비는 오지 않습니다. 비가 오는 것이 좋은 것인지 오지 않는 것이 좋은 것인지 알 수 없는 상황입니다. 잔뜩 힘만 주다가 끝나버린 허무한 하루 같습니다.

6月
／
11日

출장 갑니다. 남쪽 지방은 폭풍우가 몰아친다는데. 철길을 가로지르듯 무모한 출발일까요?

6月
／
13日

활짝 열 수가 없습니다. 딱 저만큼만 허락되는 도시의 창문. 창틈
으로 내려다보는 세상이 아찔하고도 재미있어 보입니다.

6月

／

14日

늦은 오후의 그림자가 점점 덮쳐오는군요. 밀려오는 근심처럼 늘어지고 무거워진 느낌입니다.

6月
／
16日

종로 어느 골목길에서 흡연자들과 담소를 나누다가 잠시 풍경을
봅니다. 저는 비흡연자거든요.

6月
/
17日

여기는 어디? 미국 어느 동네의 주차장 같지 않아요? 프레임 밖으로 흑인들이 랩을 하고 농구공을 튀기고 있을 것 같은 그런 풍경입니다.

6月

／

18日

상암동 지하 아케이드. 올려다본 하늘마저도 네모반듯하게 찍어
낸 듯합니다.

6月
／
19日

잠 잘 시간도 없는데 마음대로 되지 않는 일을 한다는 것이 마치
오지 않는 사람을 기다리는 것과 같다는 생각이 듭니다.

6月
／
20日

어릴 적 비 온 날에도 농구공을 튀기며 수중 농구를 하던 기억이 납니다. 빗물이 튀겨도 옷이 젖어도 마냥 행복했던 추억. 이제는 빗물이 튀길까 봐 조심스럽습니다. 빗물이 고인 곳에서 물비린내가 납니다. 비가 더 올까 봐 급하게 들어왔습니다.

6月
／
22日

이제는 열리지 않는 문이지만 누군가 반기며 열어줄 것 같은 문.
인적 없는 풍경이 되어버렸지만 그래도 꽃은 피네요.

6月
／
25日

꼭 멋진 풍경을 보고 싶었던 것은 아닙니다. 나름 재미있는 풍경이지만 창밖을 본다는 것이 꼭 멀리 있는 것만 볼 수 있는 것은 아니라는 것을 알았습니다.

6月 / 26日

막내가 데리고 온 새 친구. 애니메이션 〈터보〉의 주인공처럼 그냥 빨리빨리 다녔으면 좋겠어요. 그런데 신기하죠? 무궁화 꽃이 피었습니다. 뒤를 돌아보면 또 얼마큼 움직였어요. 모터 하나 달아줄까? 아우! 느려도 너무 느려! 막내야 그냥 자연에서 살게 하자.

6月

╱

27日

누굴 기다리는 걸까요? 자전거 주인을 기다리는 걸까? 그 사람이
늘 먹이를 준 건 아닐까? 오니까 기다리는 거겠죠?

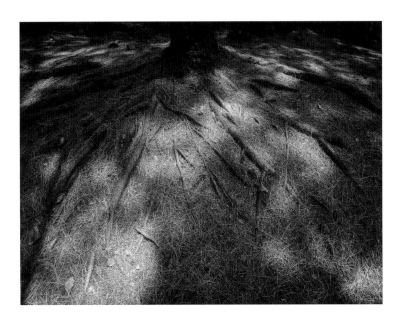

6月
/
29日

사무실이 있는 건물에 바이러스 양성환자가 나왔습니다. 전 다행히 음성입니다. 이번 주도 미팅이 많은데. 나만 조심한다고 되는 게 아닌가 봅니다. 뿌리처럼 우리는 모두 다 연결되어 있군요.

7月

여름, 짙어가는 녹음은 눈동자를 찌르고 따가워진 햇볕은 피부를 찌르고

7月
／
1日

잠깐 기울어진 찰라, 역사적인 시간은 무지막지하게 지나가고 있었습니다.

7月
／
2日

그냥 지나가려는 순간 무심코 보았습니다. 자신보다 더 무거워 보이는 짐을 지고 있다는 것을.

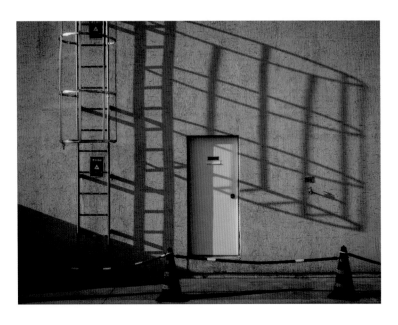

7月

／

3日

해가 길어졌습니다. 저녁 시간이 되었는데도 햇볕이 따갑습니다.
늦은 오후의 그림자가 벽에 그림을 그리고 있군요.

7月
／
5日

아직 아무도 오지 않은 곳에서. 벽에 기대어 멍하니 창밖을 봅니다. 작은 숲이라도 도시의 숨통을 틔워줍니다.

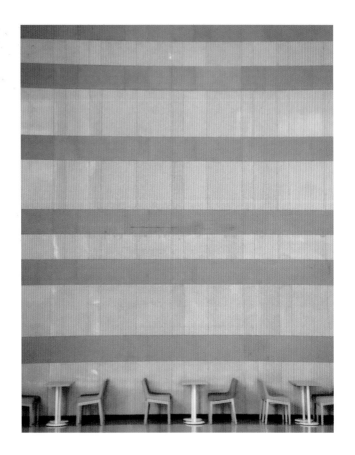

7月

／

8日

로비에 있는 테이블과 의자가 마치 저를 기다린 듯합니다. 어쩌면
자기들끼리 대화하고 있었는지도.

7月
/
9日
하나

저 사다리. 내 몸무게를 버틸 수 있을까? 다 오르고 나면 시원한
풀장이 펼쳐질 것만 같은.

7月

／

9日

둘

마감을 할 때면 내 경계 안에서 온갖 예민함이 뭉게뭉게 피어오르죠. 경계를 넘었다는 이유로 주변 사람들에게 예민하게 굴었던 것에 대해서 미안한 마음입니다.

7月
／
10日

적응이 안 되는 낯선 곳에서의 아침 풍경.

7月
/
11日
하나

하늘은 끝없고 구름은 흘러가고. 과연 내가 누구를 쉽게 평가할
만한 사람인지 다시 한번 생각해 봅니다.

7月
╱
11日
둘

밝은 조명을 향해 나방들이 지독하게 달려듭니다. 무엇을 바라보
고 무섭게 달려드는 것일까요? 혹시 지금 내 모습도 별반 차이 없
는 것은 아닐까요?

7月
／
12日
하나

바이러스 덕분에 오는 사람도 없고 혼자 병실에 있다 보니 말을 못 해 답답하네요. 그러나 톰 행크스에겐 '윌슨'이 저에겐 '링거'가 있어 다행입니다. '링거'와 복도 산책을 나왔습니다.

7月

／

12日

둘

병원주차장에서. 차를 타려다가 바퀴 밑을 보게 되었습니다. 다행히 밟히지 않았어요. 삶과 죽음은 저렇게 한 뼘 차이도 나지 않는다는 걸. 좀 더 조심조심 살아야겠습니다.

7月
/
14日

퇴원하고 일을 하니 오히려 마음이 편한 이유는 왜일까요? 걱정 끼쳐 드려 미안합니다. 아픈 저에게도 걱정해주는 나비 같은 친구들이 있어 감사합니다.

7月

/

17日

일주일 만에 지하철을 타고 출근하는 길. 마치 먼 곳으로 오랜 시간 여행을 하고 돌아온 듯 낯설게 느껴지는 금요일 아침입니다. 〈스타트렉〉에 나오는 미래도시 같기도 하고요.

7月
／
19日

어린 시절 이런 골목길에는 아이들과 강아지가 꼭 있었습니다. 지
금은 골목에도 아파트에도 아이들이 별로 안 보입니다.

7月
／
20日

올라갈 것인가? 출구로 나갈 것인가?
언제나 무언가를 선택하는 순간이 있기 마련입니다. 물
론 그 선택에 후회는 하지 않겠습니다.

7月
／
21日

또 하나의 내가 더 있다면. 아마도 아내가 제일 싫어할 것 같아요.
아내는 절대 아니라고 했습니다만.

7月
／
26日

언덕에 있는 버스 정류장. 막차를 놓친 주인공이 배낭 하나 메고
그냥 걸어가 버린 빈 정류장 같습니다.

7月
／
27日

출근길에 꼭 지나가야 하는 땅굴(?). 중학생 때 갔던 제1땅굴을 매일 아침에 지나가는 기분입니다.

7月

／

31日

주말에 장마가 끝난다고 하더니 비가 옵니다. 하늘에서 비가 내릴 때 우산도 하나씩 내렸으면.

8月

저녁이 되면 바람이 시원합니다. 여름이 다 지나가네요, 찬란한 나의 여름이여

8月
／
2日

비가 소강상태입니다. 얼른 장 보러 나왔는데 비를 쫄딱 맞고 집에 가는 중입니다. 탕수육에 짜장면이나 시켜 먹어야겠어요.

8月

／

3日

어느 사무실의 장마철 풍경. 사람은 떨어져 있어야 하는 상황이지
만 오밀조밀 정겨워 보이는 우산들.

8月
╱
8日

노을이 집니다. 어두워지면서 모든 경계가 풀어지는 저녁. 문태준의 시 '어두워지는 순간'이 생각납니다.

8月
／
10日

서울 한복판에 무섭게 쏟아지는 빗줄기. 간신히 뚫고 목적지에 갈
수 있었습니다.

8月
／
11日

내 마음대로 할 수 있는 시간이 있을까요? 나만의 시간이 있을까
요? 타인의 시간을 침범할 권리는 누구에게 있을까요? 그냥 흘러
가는 시간은 과연 있을까요?

8月
／
12日

와. 뿜어져 나오는 빛을 보니 꽤 많이 화가 났나 봅니다. 고성이 오가는 회의실 풍경이 그려집니다. 아니면 퇴근 시간은 다가오는데 업무를 끝내지 못한 막내 사원의 자판 두드리는 불타는 손놀림일까요?

8月
/
13日

비가 오는 창밖을 보니 박인수의 '봄비'가 듣고 싶다. Uriah Heep 의 'Rain', 박혜경의 'Rain', Prince의 'Purple Rain' 이런 곡들이 생각난다면 아재 인증인가요?!

8月
╱
17日

저녁이 되면 바람이 시원합니다. 여름이 다 지나가네요. 찬란한 나의 여름이여.

8月
/
19日

액자 속 풍경 같지만 사실 회의가 지루해 내다본 풍경입니다. 시간을 정지시킨 액자처럼 결론 없는 회의 시간은 참 무료합니다.

8月

／

20日

마음이 심란합니다. 이럴수록 중심을 잡아야겠지요. 몸무게도 많이 나가는데 휘청거리면 아찔합니다.

8月
／
21日

오후 적당한 시간에 약속을 잡고 전철을 탑니다. 약속장소로 가는 길이 여행을 떠나는 것 같습니다. 오랜만에 백수 놀이 중입니다. 백수가 되니 시간이란 참 여유롭다는 생각을 해봅니다.

8月
／
22日

어깨에 담이 걸렸습니다. 동네 한의원을 가며 담 사이로 지나갑니다.

8月

／

25日

경계는 항상 내가 있는 곳을 중심으로 나뉩니다. 밖을 보는 것인지 안을 보고 있는 것인지 분간할 수 없는 상황이 되어버렸습니다.

8月

／

26日

날씨가 이렇게 좋은데 밤에는 태풍이 온다고요? 그래서 폭풍전야
겠지요?

8月

／

27日

하나

태풍의 가장자리에서 구름이 흘러가는 것을 바라봅니다. 길은 휘
어져 나가고 태풍도 그렇게 휘어져 갑니다.

8月

／

27日

둘

무언가에 비친 모습은 진짜가 아닙니다. 자기 생각이 아닌 비친 모습을 진짜로 믿는 사람들이 참 많아요. 그래서 자기 생각이 객관적이라고 말하는 사람들의 말을 저는 믿지 않습니다.

8月
／
28日

일요일 오전 공중전화 부스에 마시다 남은 커피가 있군요. 공중전화를 쓴 걸까요? 토요일 저녁 누군가와 긴 통화를 한 걸까요? 쓰레기를 버렸다고 생각하기엔 너무 운치 있는 장면이잖아요. 휴대전화가 손마다 들려지기 전에는 다 저걸 썼다고요. 낭만과 추억이 담긴 공중전화. 금액이 줄어들수록 애타는 마음은 커져갔던 응답하라! 그 시절.

8月
／
29日

내려야 합니다. 내려야 할 때 내려야 하는 정류장. 벨을 누르세요!
생각만 하지 말고. 눌러야 내려주지!

8月
/
30日

가로등 불빛 아래로만 비가 내리는 것 같습니다. 땅은 온통 젖었
는데 유독 조명이 비추는 곳만 더 내리는 것 같은. 가끔 그럴 때
있죠. 모두 힘든데 나만 더 힘든 것 같고. 늦은 밤 내리는 이 비에
모든 안 좋은 것들은 다 쓸려 내려갔으면 좋겠습니다.

8月
／
31日

산책하러 가면 항상 만나는 삼거리 고양이 제임스. 비밀요원 같지 않나요? 왜 제임스인지는 묻지 마세요. 누군가 당신 이름이 왜 당신이냐고 묻는다면 뭐라고 답할 건가요? (그냥 제임스 본드 같아서 제임스라고 부르기로 했어요.)

9月

자꾸 미련이 남는 여름과 갈 길 가야겠다는 가을의 경계에서

9月
／
1日

친구 사무실에 회의 겸 미팅을 하러 왔습니다. 안과 밖. 어디가 안이고 어디가 밖인지 모호해지는. 바쁜 일상 때문에 자신을 잃어버릴 것 같은 그런 오후입니다.

9月

／

2日

경계. 삶과 죽음. 바이러스와 노바이러스. 사무실 소독 덕분에 잠시 밖에 나와 하늘을 봅니다.

9月

/

4日

금요일 오전. 커피 한잔 사러 나왔는데 사람이 별로 없습니다. 나무와 나무 그림자에게도 이런 상황이 일상이 된 것 같습니다.

9月
／
5日

여름도 끝이 났는데 한여름 소나기처럼 비가 내립니다. 방심하던
냇물이 온통 빗방울을 받아내느라 몹시 따가워 보입니다.

9月
/
6日

일요일 오전. 교인들이 없는 교회 앞을 지나갑니다. 누구를 위한 십자가인지 모르겠지만, 십자가마저 쓸쓸해 보입니다.

9月
／
8日

긴 회의 내내 커피를 마셨더니 잠이 오질 않는군요. 굳게 닫힌 문
처럼 생각의 문이 열리질 않습니다.

9月
／
9日

태풍이 지나갔습니다. 한번 지나갔다고 두 번 안 지나간다는 법이
없습니다. 아직은 긴장을 놓을 수 없는 순간. 어떤 폭풍우가 다가
올지 모르겠습니다. 세상일 어찌 될지는 아무도 모르니까요! 서로
팔짱을 끼고 또 버텨내 보는 수밖에요.

9月
／
10日

하나둘 불이 켜지고 저녁 시간이 다가옵니다. 어둠이 밀려오는 주차장. 아직 자리는 많이 남았지만 서둘러 주차했습니다. 아직 어디에도 확실하게 저의 자리는 없다는 생각 때문일까요? 세상에 내자리 하나 만드는 게 참 어렵다는 생각이 드는 요즘입니다.

9月
／
11日

불과 얼마 전까지도 익숙한 건물이 있던 자리. 이가 하나 빠진 느낌이네요.

9月
／
13日

역시 모든 것이 내 마음 같지 않네요. 그냥 저 파라솔 밑으로 기어 들고 싶은, 햇볕 따가운 오후.

9月
／
16日
하나

카메라 깨 먹은 지 6개월. 드디어 수리하러 가는 길입니다. 오래
묵은 숙제를 하러 가는데 발걸음이 가볍습니다.

9月
／
16日
둘

거름망으로 걸러낸 것 같아 보입니다. 잔 구름 뭉치가 보드란 감촉을 느끼게 해 줍니다.

9月
／
17日

가로등 불빛을 친구 삼아 하루를 돌아보며 도란도란 이야기를 나누었습니다. 새로운 결과물이 나왔습니다. 늦은 미팅까지 마무리하느라 녹초가 되었지만, 기분이 좋네요.

9月
/
18日

안과 밖. 경계가 허물어집니다. 순간 공간 감각이 사라졌어요. 그 뿐인가요? 요즘은 하나를 하면 하나를 잃어버리는 무소유의 삶을 살고 있거든요. 급하게 서교동을 지나가다가.

9月
╱
21日

다가오는 검은 그림자! 영화 주인공처럼 소리 없이 다가오는 넌.
바로. 제임스! 이젠 아는 척도 해 주다니. 너 배고프지?

9月
／
22日

아직은 기다려야 하는 시간.

9月
／
24日

배 같기도 하고 잠수함 같기도 하고. 구름! 구름! 구름! 말을 할 수 없을 정도로 아주 바쁘지만 구름이 보이네요! 마음이 구름 구름 합니다.

9月

／

25日

아직 공사 중인 도로. 보도블록이 깔리지 않아 걷다 보면 신발에 흙이 들어갑니다. 툭툭 털어내고 다시 걷습니다. 누군가는 길을 따라 블록을 깔겠죠? 아무도 걷지 않은 길을 걷는다는 건 참 쉬운 일이 아닌가 봐요.

9月

╱

27日

여름과 겨울이 공존하는. 시즌이 끝나가는 사회인 야구장의 더그
아웃 풍경.

9月
／
29日

분명 연휴에도 마감하러 사무실에 나오겠죠? 그래도 명절 인사는 합니다. 창문에 한 글자씩 안, 녕, 이라는 글자를 눈으로 적어넣습니다.

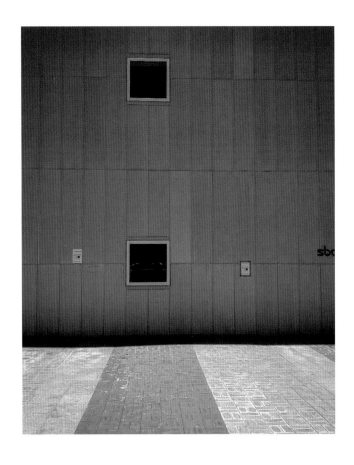

10月

／

소원을 들어주는 아름다운 달님은 올해도 뜨시려나?

10月

／

1日

새로 이사 온 사무실. 첫날 첫 마음으로 자리에 앉았습니다. 제 자리에 앉아 창밖을 봅니다. 별 건 없지만 그냥 열심히 일하겠다고 마음먹습니다. 항상 첫날의 풍경은 뭔가 달라 보이잖아요.

10月
／
3日

추석. 함께 산책하던 막내가 보름달을 보더니 소원을 빕니다. 무슨 소원을 빌었는지 물었습니다. 묻지 말라고 합니다. 그러면 소원이 이루어지지 않는다나요. 저도 빌었습니다. 뭐 사달라는 소원이 아니기를. 소원 대 소원. 과연 달님은 누구 소원을 들어주실까?

10月

／

4日

연휴 마지막 날 사무실 가는 길입니다. 무겁습니다. 건물을 떠받치는 기둥처럼 삶을 책임진다는 건 참 무거운 일이거든요.

10月
／
6日

바람이 일렁이면 물속에 있는 듯. 출렁이는 물결 같은 도로를 지나갑니다.

10月
／
7日

그림자가 길게 늘어진 걸 보니 퇴근 시간이 다 되었나 봅니다.

10月
／
11日

저기를 지나가면 골목의 끝이 나오는 걸까요? 한참 말없이 걷고
싶어집니다.

10月
/
12日

서해. 매번 올 때마다 썰물입니다. 발 앞에서 찰랑거리는 바닷물을
상상했지만 저만큼 멀리 있네요. 모든 것은 다 때가 있는 법. 때를
잘 맞춰야 합니다. 물도 때가 되어야 들어오는 법. 조급한 마음을
버리고 때를 맞춰 다시 와야겠습니다.

10月
／
13日

한강을 수도 없이 지나다녔지만 걸어서 건넌 기억이 별로 없네요.
오랜만에 한강을 걸어서 건너봅니다. 차가워진 바람이 코끝을 매
섭게 훑고 지나갑니다. 차를 타면 순식간에 지나가느라 보지 못한
풍경을 두 눈으로 담습니다. 한 번이면 됩니다. 앞으로는 쭉 차를
타고 건널 거예요. 추워요.

10月
／
14日

마치 진열장 같군요. 미니어처 오토바이를 들어 칸마다 올려놓고 싶어집니다. 꽃이 활짝 핀 길을 달리고 싶은 건지도 모르겠어요.

10月
／
15日

시선의 끝에 구름이 아니라 아파트 꼭대기가 걸립니다. 가끔은 탁
트인 하늘과 구름을 보고 싶어요.

10月
/
16日

하늘이 참 흐립니다. 그런데 하늘이 흐리다는 걸 방금 알았네요. 시간은 오후 3시를 지나고 있고요. 흐린 하늘을 볼 시간도 없을 만큼 바쁜 하루입니다.

10月
／
17日

안개가 자욱한 야구장. 2루 베이스에서 외야 펜스가 보이지 않네요. 2루를 넘기는 공은 모두 홈런이 될 것 같은 날이군요. 과연 오늘은 야구를 할 수 있을 것인가. 야구를 하다 보면 늘 느끼지만 살아나가 2루 베이스를 밟는 게 참 녹록지 않습니다.

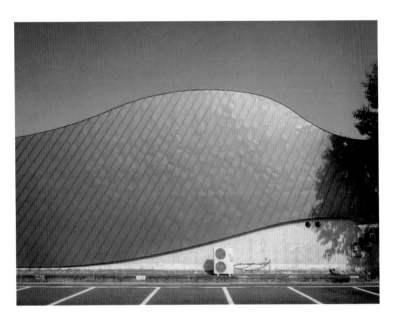

10月
／
19日

가을 햇살이 느껴지는 주차장 풍경. 나도 햇살 한번 받아 보겠다고 나갔다가 얼른 차에 탔습니다. 꽤 쌀쌀하군요.

10月
／
20日

내려온 걸까요? 올라가야 하는 걸까요? 잠깐이지만 퇴근길 지친
몸을 잠시나마 기댈 수 있는 너. 고마워요

10月
／
21日

가죽 커버가 벗겨지고 탁자 모서리는 닳고 닳아 만질만질합니다. 거기다 재즈 음악까지 흘러나오는 카페라니요. 왜 이런 곳은 집중이 잘 될까요? 낡았지만 사연 있어 보이는 카페에서. 나도 낡고 닳아가겠지만 편안한 사람이 되었으면 좋겠다고. 뭐 그런 생각을 잠깐 해보았다고요.

10月

／

25日

휴일입니다. 남들 다 쉬는 날 사무실에 나와 일해야 하는 것보다 더
슬픈 건 음식점이 문을 닫아 먹을 곳이 별로 없다는 사실입니다. 휴
일 업무에 대한 보상심리가 슬픔으로 변한 상암동 거리입니다.

10月
／
28日

파주출판단지. 어느 건물 앞에서 올려다본 하늘입니다.

10月
／
29日

여기가 그리스 섬들이 있는 에게해였으면 좋겠다고 생각했습니다. 잔잔한 바다와 따스한 햇살. 산토리니, 미코노스 등등. 아름답고 눈부신 풍경들. 그러나 여기는 대한민국. 바쁘고 빠른 일상이 교차하는 곳. 여유가 없나 봅니다. 여유로운 상상을 하는 걸 보니.

10月
／
30日

헉! 무서워서 못 들어가고 있습니다. 대치상황이 생각보다 길어지는군요. 가끔은 작은 일로 도전하지 못할 때가 있어요. 녀석. 알고 보면 꽤 상냥한 고양이인데요. 자연스레 다가가니 후딱 문앞에서 비켜서네요.

10月

/

31日

버려진 동네의 길목에서. 지나가는 전철을 밑에서 바라보니 나만 동떨어진 곳에 혼자 남은 느낌입니다.

11月

바스락, 낙엽 밟는 소리는 떠나는 가을의 몸짓인가 봐

11月

／

2日

그리스 영화 〈안개 속의 풍경〉이 생각나는 거리. 홀로 걷습니다. 걸으며 생각하고 생각하며 걷고. 조금씩 안개를 걷어내며 걸어갑니다. 한발 한발 뚜벅뚜벅.

11月
／
3日

참 미안하지만, 낙엽은 밟아야 제맛입니다. 바스락거리는 소리가 너무나 좋습니다. 땅에 떨어져 잊혀가는 낙엽에게도 밟힌다는 건 어쩌면 존재를 알리는 마지막 울음이 아닐까요?

11月
／
4日

자꾸 정지선 같아 보이네요. 몇 걸음 가면 자꾸 멈추고 싶고. 몇 걸음 가면 그냥 되돌아가고 싶은. 날씨가 추워졌기 때문이죠. 밖에 나가기가 자꾸 싫어지는 날입니다.

11月
／
5日

바스락거리는 소리가 들리지 않나요? 처음 가보는 곳인데 무수히 떨어져 있는 낙엽을 보았습니다. 그 낙엽을 밟으며 가을이 깊어졌다는 걸 알았네요. 일상에 묻혀 계절도 모르고 지나가다니요. 바스락 소리와 함께 가을도 가겠지요.

11月
／
7日

반딧불. 어둠 속을 날아다니는 한 마리 반딧불 같아요. 무리가 갔
는지 몸이 영 좋지 않습니다. 있는 힘을 다 쥐어짜도 에너지가 모
이지 않네요.

11月
／
8日
하나

한참을 걷다 보니 여기가 어디죠? 생각하지 못한 방향으로 가고
있었어요. 머릿속은 다른 세상을 헤매고 있었나 봐요. 요즘 자꾸
이럽니다. 현실의 목적지와 소망의 목적지가 달라서일까요?

11月
／
8日
둘

오랜만에 친구들이 사무실에 놀러 왔습니다. 동종 업계에 오래 있다 보니 거래처, 관련 기관, 기타 등등. 다들 그냥 친구가 되어버렸습니다. 한참을 수다 떨다 친구들이 가고 나니 나도 그냥 집에 가고 싶어지네요. 맞다. 금요일 오후군요!

11月
／
10日

박정희 기념관을 지나가다가. 자유는 자유인데 그때 자유를 외치던 사람들과 지금 자유를 말하는 사람들이 다른 이유는 무엇일까요?

11月

／

11日

급하게 뛰어왔는데 문이 닫혔습니다. 전철이 떠난 자리를 한참을
바라보다 체념했어요. 다음 전철이 올 때까지 마음을 비우기로 했
습니다. 월요일 출근은 힘드네요.

11月
／
12日

평일 오전에 대형마트라니. 사람이 별로 없어서 그런지 약간의 평온함마저 느껴집니다.

11月
／
15日

비가 오는 날에는 집에 누워 만화책을 봤습니다. 그래서 그런지 비만 오면 이상하게 일하기가 싫어요. 빗방울에 일그러지는 풍경처럼 흐물흐물해지는 하루입니다.

11月
／
17日

계속 걷다 보니 잠이 오지 않는 이유를 알았습니다. 머리에서 떠나지 않는 '불안감' 때문에 잠이 오지 않는다는 것을요. 결국, 시간이 해결해준다는 것을 알면서도 마음 한쪽에서는 계속 불안감이 가로등처럼 꺼지지 않습니다.

11月
／
18日

뭔가 쪽 빨려 들어갈 것 같아요. 항상 마감이 다가오면 그런 느낌이 들지 않나요? 영혼까지 끌어모아 마무리해야 합니다! 일단 빨려 들어가 보자고요.

11月
／
19日

날씨가 꽤 추워졌습니다. 10월부터 창문밖에 매달려 있었거든요. 과연 언제까지 저기에 있을까요? 마지막 잎새가 아니라 마지막 거미일지도 모르겠습니다.

11月
/
20日

계속 달립니다. 일이 끝이 없습니다. 그냥 막 달리는 거죠. 뭐! 목적지는 있겠죠? 달리느라 목적지를 잃어버릴까 봐 두렵군요.

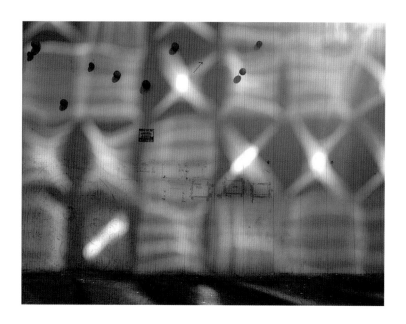

11月

／

22日

커피! 커피가 문제군요. 일해야 해서 커피를 들이켰더니 결국 새벽입니다. 몽롱하게 일을 하다 결국 잠이 들었습니다. 선잠을 자고 일어났어요. 결국 내 일은 내가 해야 하기에.

11月
／
23日

비대면 업무 공지를 보지 못하고 거래처에 왔습니다. 아무도 없네요. 기왕 왔으니 미팅은 할 수 있겠지만 몹시 미안하네요. 텅 빈 미팅룸에 뻘쭘한 공기만이 흐릅니다.

11月
/
24日

새벽 일산은 몹시 추웠는데 오후 마산은 따뜻합니다. 온기가 가득
한 마산 뒷골목. 지금은 출장중.

11月
／
25日

뿌리가 올려주는 영양분을 먹고 봄, 여름, 가을을 보낸 나뭇잎들.
이제는 주단처럼 나무 밑동을 덮어줍니다. 추운 겨울 따듯하겠어
요. 제 마음과는 다르군요. 열심히 살았는데 조금 공허해요.

11月
／
28日

프리츠 랑의 〈메트로폴리스〉가 생각납니다. 지하세계로 가는 출 근길. 들어가면 나올 수 있을까요?

12月

만남은 언제나 눈부시고 인연은 긴 그림자를 드리운다

12月
/
1日

겨울이 오는 길목. 석양은 오늘따라 몹시도 을씨년스럽습니다. 풍경도 마음 따라 가는 걸까요.

12月

／

2日

퇴근 시간이지만 또 누군가를 만나야 하는 시간이기도 하죠. 얼굴을 마주하고 이야기 나누기가 너무 힘든 요즘입니다. 굳이 만나지 않아도 터치스크린을 사이에 두고 얼마든지 교감할 수 있기 때문일까요?

12月
／
3日

밥값과 비슷한 가격의 커피를 마시는데 가지고 나가야 하는 현실. 이렇게 멋진 공간에서 나누는 커피 한 잔과 이야기 한 모금이 참 소중한 것이었구나! 느끼게 되는군요. 다시 오자고요. 얼굴과 얼굴을 마주 보고, 서로의 미소와 숨결을 느끼면서 이야기할 수 있는 그때가 오면요. 꼭이요.

| 12月 / 4日 | 정신없는 하루가 지나가고 잠시 앉아서 지나가는 사람들을 멍하니 바라보고 있어요. 만남은 언제나 눈부시고 인연은 길게 그림자를 만들지요. |

12月
／
6日

초행길. 어디가 어디인지 모르겠어요. 운전은 더 조심스러워지고
살짝 등골이 오싹합니다. 갑자기 소복을 입은 여인이 뛰쳐나올지
도 모른다고 생각하다가, 맞다! 요즘은 좀비구나. 나이든 상상력
에 피식 웃음이 나옵니다.

12月
/
7日

한여름에 보았던 구름과 같은데 겨울에 보니 더 하얗습니다. 날씨가 추우면 더웠던 여름이 생각나고 더우면 추웠던 겨울이 생각나다니요.

12月
／
8日

빈 접시에 따스함을 담았습니다. 오후의 햇살이란 사람의 마음마저 따뜻하게 하는군요. 마시지 않았지만, 포만감이 느껴지는 어느 오후입니다.

12月
／
9日

계속 쳐다보면 저 문이 열릴까요?

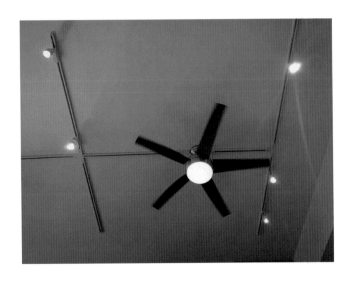

12月

／

12日

여름을 기다리는 너와 나.

12月
／
14日

삶은 기다림의 연속이라더니. 차라리 늦게 올 것을. 한참을 서성거
리며 떨었습니다. 다음에는 내가 늦을 거야, 라는 말에 미안이라고
답합니다. 어쩌겠어요. 다음에도 아마 제가 먼저 도착하겠죠.

12月
/
15日

남들이 하지 못한 새로운 경험을 하려면 항상 일찍 움직여야 합니다. 무슨 경험을 하려는 걸까요? 안 새로우면 어떡하죠?

12月
／
16日

하늘을 나는 새로운 경험을 하고 말았습니다. 그런데 전 고소공포
증이 있다고요. '정말 하늘을 나는 느낌'이 어떤 건지 확실히 알겠
더라고요. 비행기와는 또 다른. 덜덜덜 떨렸지만, 셔터를 꼬옥 눌
렀어요.

12月
／
17日

늦은 시간에 도착해서 뭔가를 준비한다는 것이 쉽지는 않지만, 해
야지 뭐! 방법이 있겠습니까?

12月
／
18日

하루의 모든 일과는 지하주차장에서 시작됩니다. 차를 끌고 길을 달려 도착한 사무실. 다시 어두운 지하주차장으로 들어가야 하는 군요.

12月
／
20日

다 올라왔다고 생각하고 마지막 계단을 올라 힘차게 문을 열었더
니. 앞에 끝없는 계단이 펼쳐지는군요. 환한 빛은 마저 올라오라는
손짓 같아요.

12月

/

24日

SF영화에 나오는 암울한 미래도시 같아요. 안개 낀 아침. 마음은 벌써 아이들 선물 고민으로 달려가고 있습니다. 크리스마스 이브. 문득 저도 선물을 받고 싶군요.

12月
／
25日

빈자리에 빛이 내립니다. 바이러스 때문에 빈 자리가 많아졌지만,
햇살은 공평합니다. 세상이 좀 더 따듯해졌으면 좋겠습니다.

12月
／
26日

오르다 꺾이고, 오르다 꺾이는 모습. 기대에 미치지 못하고 매번 꺾이던 매출 같아요. 결산을 하는 복잡한 제 머릿속 같군요. 그래도 모아 놓고 보니 촘촘히 메워지고 연결된 모습이 기특합니다.

12月

／

28日

폴 스트랜드 따라 하기. 어디에선가 본 이미지는 꼭 어떤 사진가
가 찍은 사진의 영향을 받기 나름이지요.

12月
／
31日

아쉬움도 많고 보람도 많았던. 무심하게 흘러가는 저 구름은 새로운 시작과 함께 다시 흘러오겠죠. 모두 수고 많았어요.

에필로그
———

어찌하다 보니 이 책에 있는 대부분 사진이 코로나 시대의 일상을 기록하는 사진이 되어버렸습니다. 물론 저의 의도와는 상관없이요. 제 사진이 잠시나마 위로와 휴식이 되었기를 소망합니다. 이 책에 실린 사진에는 제목이 없습니다. 하루하루 소소한 일상을 일기처럼 기록한 것이기 때문입니다. 사진을 보면 그날의 감정과 사건들이 홀로그램처럼 머릿속에 펼쳐집니다.

꼭 사진과 함께 글을 읽을 필요는 없습니다. 또한, 글을 읽고 사진을 지나쳐도 됩니다. 그냥 어디서나 볼 수 있는 사진이고 누군가 옆에서 하는 보통의 말일 수도 있으니까요.

책을 만들기 위해 사진을 고르고 잘 쓰지 못하는 글을 정리하는 특별한 시간을 뒤로하고 저는 다시 일상으로 돌아갑니다. 매일 출근을 하고 사람들을 만나서 일을 하고 퇴근해서 아내와 아이들과 웃고 떠들며 하루를 마감할 것입니다. 물론 중간중간 저에게 특별해 보이는 풍경을 만나면 사진을 찍으면서요.

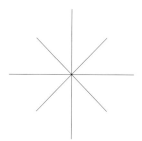

일상이 빛이 된다면
괜찮아, 오늘 하루

초판 1쇄 인쇄 2020년 12월 28일
초판 1쇄 발행 2021년 1월 2일

지은이 · 도진호

펴낸이 · 최현선
편집 · 김하늘
디자인 · 霖design 김희림
제작 · 제이오

펴낸곳 · 오도스 | 출판등록 · 2019년 7월 5일 (제2019-000015호)
주소 · 경기도 시흥시 배곧4로 32-28, 206호 (그랜드프라자)
전화 · 070-7818-4108 | 팩스 · 031-624-3108
이메일 · odospub@daum.net

ISBN 979-11-968529-6-2(03810)

odos 마음을 살리는 책의 길, 오도스